UN CŒUR AU SOLEIL

Avis aux lecteurs

Vous êtes nombreux à nous écrire
et nous vous en remercions.
Pour être sûrs que votre courrier arrive,
adressez votre correspondance à :

Bayard Éditions Jeunesse
Collection Cœur Grenadine
3 / 5, rue Bayard
75008 Paris.

Cœur Grenadine

UN CŒUR AU SOLEIL

CATHERINE GANZ-MULLER

BAYARD JEUNESSE

BIOGRAPHIE

Catherine Ganz-Muller est née à Paris, où, après des études de lettres à la Sorbonne, elle a travaillé longtemps dans le cinéma. Sa passion des livres l'a amenée à être libraire puis bibliothécaire. Elle vit maintenant en Bretagne avec son fils, un adolescent qui l'aide à mieux percevoir les réalités de cet âge. Mais ne croyez pas qu'elle ait réponse à tout : elle donne une piste, un indice, qu'elle puise aussi dans sa propre expérience.

Loi n° 49-956 du 16 juillet 1949
sur les publications destinées à la jeunesse
Dépôt légal avril 2003

ISBN : 2 747 006 87 5

Chapitre 1

– Julie ! Ton sac est prêt ? Nous partons dans cinq minutes.

Maman entrouvre la porte de ma chambre :

– Tu n'as rien oublié, au moins ?

Je suis assise sur mon lit au milieu des cartons, dans une pièce que je ne reconnais plus. Les murs sont nus, les étagères vides... Mon cœur aussi. Pas gais, les déménagements ! Maman vient s'installer à côté de moi :

– Allons, ma chérie, tu n'as rien à faire au

milieu de tout ce chambardement. Quand tu rentreras, ça sera fini. Tu auras une nouvelle chambre, plus grande que celle-ci, et tout le temps de l'aménager avant la rentrée.

– Mais pourquoi je suis obligée d'aller chez Mina ? Je peux très bien rester à Granville seule, j'ai plein d'amis là-bas !

Maman soupire et se lève :

– On en a déjà parlé, Julie ! Tu n'as que quatorze ans, et c'est un peu jeune pour passer des vacances toute seule. Tu t'entends très bien avec ta grand-mère, et il y a longtemps que tu n'es pas retournée au Moulleau. Tu adorais ces vacances quand tu étais petite !

Elle a pris mon sac et me pousse vers la porte.

– Je ne suis plus petite, Maman. Et puis, je n'y suis pas retournée depuis au moins sept ans, je ne connais personne, je vais m'ennuyer à mourir !

J'insiste, mais je sais bien que la décision est prise et que je n'ai pas le choix. Quelle idée de déménager en plein été ! C'est vraiment pour gâcher mes vacances ! Tandis que j'enfile ma veste, j'entends maman chuchoter quelque chose à l'oreille de papa. Il se tourne vers moi en souriant :

– Pendant que tu te baigneras et que tu feras du bateau avec une bande de nouveaux copains, tu sais ce que je ferai, moi ? Je démonterai les placards de la cuisine en suant comme un forçat ! Moi aussi, j'aimerais mieux qu'on soit ensemble à Granville, mais on ne peut pas tout avoir en même temps ! Granville, ce sera en août ! Patience !

En attendant, qu'est-ce que je vais m'ennuyer !

Papa conduit calmement en expliquant à maman qu'il serait beaucoup mieux de mettre le vaisselier face à la fenêtre, mais maman le préférerait à droite de la porte. Peut-être qu'ils ont complètement oublié que j'avais un train à prendre ? Avec un peu de chance, je vais le rater ! Et s'il y avait une manifestation qui bloque la circulation ? Mais non. On arrive tranquillement à la gare. Papa trouve immédiatement une place au parking. Je n'ai vraiment pas de bol ! De toute façon, je sais bien que si je ratais mon train, il y en aurait un autre. Ce qui est décidé est décidé.

Sur le quai, papa me glisse un billet dans la main.

– Un petit cadeau pour t'acheter ce qui te

plaît ou payer tes sorties. Allez, ne boude pas, ma grande, ça se passera très bien, tu verras !

Papa m'appelle toujours « ma grande », je me demande pourquoi, puisqu'il me considère encore comme une petite ! Je n'ai pas envie de faire traîner les adieux. Un baiser rapide à maman, qui me donne ses dernières recommandations, une bise à papa, et je monte me recroqueviller sur mon siège. Plus vite je serai partie, plus vite je reviendrai. J'aperçois par la vitre les parents qui discutent entre eux et me font des sourires qui ressemblent à des grimaces. Ils ont oublié leur déménagement et semblent tout à coup un peu inquiets de me voir faire cette tête-là. Heureusement, le train démarre. J'ai envie de pleurer, mais j'arrive à me retenir. Il y a beaucoup de monde dans ce train, ils ont tous l'air heureux de partir en vacances, et cela m'agace. Je ferme les yeux et décide de dormir.

Chapitre 2

En changeant de train à Bordeaux, je me dis que je pourrais peut-être reprendre un rapide pour Paris avec l'argent que papa m'a donné. J'imagine l'accueil que je recevrais ! Je monte sagement dans la navette pour Arcachon. Une heure après, je me blottis dans les bras de Mina. Elle sent bon, elle est belle et joyeuse. Si ce n'était pas pour un mois de vacances sans copains, j'aurais un immense plaisir à la retrouver. Mina n'a rien d'une grand-mère, elle dit toujours qu'elle est restée « jeune dans sa tête », et c'est vrai. Quand elle vient passer quelques jours à Paris « pour s'habiller », elle s'arrange toujours pour que ce soit un jour où je n'ai pas cours, et on fait les magasins toutes les deux, on va au restaurant, elle me raconte sa vie au Moulleau avec ses copines, et moi, je me confie plus à elle qu'à maman. En s'asseyant au volant, Mina se tourne vers moi, elle prend mon menton dans sa main et me fait tourner la tête vers elle.

– Quelque chose ne va pas comme tu veux ! Tu as ta mine des mauvais jours. Raconte !

Elle démarre, et je me demande si je peux lui dire que je n'avais pas envie de venir. Je ne veux pas lui faire de peine.

– Non, non, ça va.

– Moi, je sais. Tu regrettes de ne pas être allée à Granville rejoindre ta bande de copains. Tu peux me le dire, je ne me vexerai pas, tu sais !

– J'ai peur de m'ennuyer ici. Pourtant, je suis contente d'être avec toi !

– J'espère bien ! Mais ne t'inquiète pas, la vie apporte parfois de drôles de surprises…

Je ne dis rien, mais j'en doute !

Mina m'a destiné la chambre qui donne sur

le bassin, celle dont je rêvais quand je venais autrefois. Elle est très fière de sa décoration et me raconte comment elle a trouvé cette charmante commode en pitchpin, et la chauffeuse, et… Mais je meurs de faim et j'ai envie de me coucher vite.

Après un rapide dîner agrémenté des histoires de Mina, je monte me rouler dans ma couette. En dormant, je ne verrai pas le temps passer. J'angoisse tellement à l'idée de cette première journée vide qui m'attend !

Il fait déjà chaud lorsque je me réveille, une musique allègre résonne dans toute la maison. J'entends Mina siffloter joyeusement. Elle m'a préparé un grand petit déjeuner sous la tonnelle ; elle s'assoit à côté de moi.

– Je dois aller chez la retoucheuse. Viens avec moi, on en profitera pour faire les magasins de la corniche. J'ai vu de très jolis maillots de bain.

Mina est partie dans ses folies vestimentaires. C'est comme ça que je l'aime. Mais aujourd'hui je n'ai envie de rien ; pas même de la suivre.

Elle me presse de m'habiller, et nous partons à pied jusqu'aux boutiques. Je la suis sans conviction de vitrine en vitrine. Elle s'extasie devant une robe, un T-shirt qui « m'irait si bien ! ». Mais, décidément, je ne veux rien, seulement être à Granville, et ça, c'est impossible.

Finalement, Mina capitule. Elle s'arrête devant la vitrine de la couturière :

– Pendant que j'essaie ma jupe, fais donc un tour au Perroquet Bleu ; ils ont de belles choses, et c'est juste en face ! Quand tu auras fini, on se retrouvera à une terrasse !

Docile, je traverse et entre dans la boutique.

Il n'y a personne. Je flâne entre les rayons sans enthousiasme. Je m'apprête à ressortir lorsqu'une voix chaude m'interpelle :

– Je peux t'aider ?

Il est particulièrement beau, brun, le regard doux. Je remarque tout de suite la petite fossette au coin de la bouche. Il est grand et bronzé. Je ne peux détacher mon regard de lui. J'hésite : Johnny Depp ? Keanu Reeves ? Mais non, ce n'est pas une vedette de cinéma. Il doit avoir un an ou deux de plus que moi, et il répète sa question, un sourire un peu moqueur aux lèvres.

– Est-ce que je peux t'aider ?

Il se déplace rapidement entre les portants. Je réponds un peu au hasard :

– Je… je voudrais voir les maillots de bain.
– Alors, c'est là.

Il montre d'un geste de la main des maillots de toutes les couleurs et de toutes les formes, puis m'examine de la tête aux pieds. Je suis intimidée. Mon trouble augmente quand il plonge son regard dans le mien. Il me tend un maillot bleu turquoise.

– Il ira avec tes yeux ! Essaie-le ! m'ordonne-t-il gentiment.

Il met l'ensemble dans ma main et écarte le rideau de la cabine d'essayage. Je tremble en passant devant lui. J'enfile le costume de bain comme une automate, regarde à peine mon reflet dans le miroir. Je ne pense qu'au jeune homme de l'autre côté du store et me rhabille très vite.

– Tu as déjà remis ta robe ! Tu aurais pu passer le paréo qui va avec !

Je ne peux quitter ses yeux, où brillent de petites paillettes dorées. Devant mon silence, il insiste et me tend le tissu coloré.

– Vas-y !

– Si je dépense trop, je n'aurai plus d'argent pour payer mes sorties !

Il fait le tour du comptoir et se rapproche de moi. Sa voix est charmeuse :

– Et si je t'invite ? Je m'appelle David, et toi ?

– Julie.

– Alors, Julie, le paréo ?

– Une autre fois, peut-être !

Je le regarde mettre le maillot dans un sac. Je paie, et il m'accompagne vers la sortie. Je suis un peu déçue, je m'attendais à ce qu'il me propose un rendez-vous… Je reste sur le pas de la porte, hésitante. David m'adresse un sourire plein de promesses.

– À bientôt, Julie ! On se reverra !

Le ciel est d'un bleu immaculé, ça sent l'été et les vacances ; le ressac des vagues se mêle aux cris des enfants qui jouent sur la plage. Je retrouve Mina, attablée au soleil devant un diabolo menthe. Elle est heureuse de me voir de nouveau souriante. Je lui montre ce que j'ai acheté.

– Il faut que tu bronzes un peu ! J'ai ce qu'il faut pour éviter les coups de soleil !

– Demain, j'irai m'acheter un paréo dans le même tissu.

Mina éclate de rire.

– Alors c'est moi qui te l'offre ! Je n'aurais jamais cru qu'il suffirait d'un maillot de bain pour te redonner le sourire !

Mon jus de fruit est frais et délicieux ; je mange toutes les olives sous le regard amusé de Mina :

– Tu as faim ?

– Pas vraiment. Mais le soleil et les olives, c'est les vacances, non ?

Mina se penche vers moi.

– C'est Mme Pichon qui était à la boutique ? me demande-t-elle d'un ton malicieux.

– Non, un jeune homme…

– Ah, David. C'est son fils… Un beau garçon, tu ne trouves pas ? ajoute-t-elle avec un sourire entendu.

Embarrassée, j'acquiesce en silence.

– Un maillot de bain neuf, une assiette d'olives et une rencontre, je crois que cela suffit pour démarrer de bonnes vacances ! déclare-t-elle en riant.

Chapitre 3

Mina doit passer l'après-midi avec une amie, j'en profite pour m'occuper de mon bronzage. Je suis dans sa salle de bains. Toutes ses crèmes étalées sur le bord du lavabo, je parcours une à une les recommandations à la recherche d'un « bronzage rapide et sans risque ». Pas question de me transformer en écrevisse ! Le visage de David me hante, je veux être belle. Demain matin, je retournerai au Perroquet Bleu acheter le paréo. Je le reverrai.

Enfin, je trouve le lait bronzant haute protection qu'il me faut. Si je veux prendre quelques couleurs avant demain matin, je n'ai pas un instant à perdre. Mon panier est vite rempli, et je rejoins la plage où nous allions autrefois avec Mina.

Après m'être enduite consciencieusement de crème, je m'allonge, bien décidée à ne plus bouger. Le sable est brûlant sous ma serviette, je ferme les yeux et me laisse aller aux rayons rougeoyants. Je repasse dans ma tête la scène du matin : le charme de David, mon trouble. J'imagine qu'il m'invite à sortir lorsqu'une ombre vient me cacher le soleil. À demi engourdie, j'ouvre un œil. Une silhouette se découpe au-dessus de moi dans le contre-jour.

– Ce maillot de bain te va réellement très bien !

Est-ce un rêve dû à l'ivresse du soleil ? David s'est accroupi à côté de moi. Je me redresse et demande en essayant de cacher mon émotion :

– Qu'est-ce que tu fais là ?

– Le matin, j'aide ma mère au Perroquet Bleu, et l'après-midi, je loue les pédalos et je m'occupe de la buvette. En fait, je profite surtout de la plage et de mes copains, ajoute-t-il en riant.

Je ne peux détacher mes yeux de son torse doré, si près de mon visage. David prend ma main et m'aide à me lever :

– Viens ! Je t'offre un hippocampe !

Il me conduit jusqu'à la buvette. Sa main est chaude et puissante. Il contourne le petit bar de fortune, attrape une bouteille au contenu d'un jaune irisé et remplit un grand verre, qu'il dépose devant moi.

– Voilà un hippocampe, le cocktail maison.

Je dois avoir l'air inquiet, car il précise, amusé :

– Ce ne sont que des jus de fruits et du sirop. Goûte !

C'est frais et délicieux.

– Je croyais qu'un hippocampe était un cheval de mer !

David ne m'entend pas, une grande fille brune l'interpelle d'un ton impatient :

– David ! Qu'est-ce que tu fais ? On t'attend !

– J'arrive ! hurle David, puis il se tourne vers moi. Tu viens jouer au volley ?

Sans attendre ma réponse, il m'entraîne jusqu'à un groupe de garçons et de filles.

– Julie joue avec nous, annonce-t-il en guise de présentation.

La fille brune se plante devant moi.

– On est déjà douze, me dit-elle avec arrogance, et on n'a pas besoin de remplaçante.

Mais David s'interpose :

– Eh bien, on va faire une équipe de sept ! Julie joue avec nous, et toi, Agnès, dans l'autre équipe.

Agnès me lance un regard meurtrier :

– On en reparlera, lance-t-elle, menaçante, à l'adresse de David, puis elle pivote sur ses talons.

Je la regarde passer de l'autre côté du filet. Ça m'étonnerait qu'on devienne de grandes amies !

Je me suis placée à l'arrière, c'est le poste que je préfère et mes smashes sont en général percutants.

Agnès et son équipe se défendent avec hargne ; pourtant, c'est nous qui remportons tous les matches. À la cinquième revanche, je marque le point de la victoire sous les hourras de mon équipe. Ils sont tous autour de moi. Régis, un grand gaillard brun, me félicite :

– Si tu joues toujours comme ça, tu reviens quand tu veux !

Agnès l'a entendu ; elle quitte le terrain en haussant les épaules et va s'asseoir au bar.

– Il faut que je range les pédalos, dit David. À demain, Julie !

– À demain !

Je le regarde s'éloigner, et mon cœur se met à battre très vite.

– Tu viens te baigner ? me demande gentiment Aurore, qui a joué dans notre équipe.

– Non. Je crois que je vais rentrer.

En ramassant mes affaires, je jette un coup d'œil vers les pédalos alignés sur le sable. David n'y est pas. Je l'aperçois à la buvette, avec Agnès. Je me sens subitement très seule. Arrivée sur la corniche, je regarde une dernière fois dans leur direction. Agnès est partie, David remonte les pédalos ; il me fait un grand signe de la main. Je continue mon chemin, le cœur de nouveau léger.

Pour rejoindre la maison de Mina, je prends la route qui longe la plage. De l'autre côté du bassin, les maisons du cap Ferret ne sont que de petits points perdus dans les pins. Une multitude de voiles colorées volent sur la mer, on dirait des papillons. Je suis en harmonie avec ce décor joyeux. L'image de David trotte dans ma tête, j'imagine notre journée de demain. J'inspire à fond, les yeux fermés. Je me sens enfin en vacances.

Une bicyclette s'arrête à ma hauteur.

– Salut, Julie ! me dit une voix très douce. Tu me reconnais ?

C'est un grand garçon mince, aux cheveux blonds très courts. Son regard bleu me rappelle quelqu'un. Un copain du collège ?

– J'habite la villa à côté de celle de ta grand-mère. On jouait ensemble autrefois.

J'hésite, un visage d'enfant apparaît sous les traits fins du jeune homme.

– Victor !

Je lui saute au cou, et tous mes souvenirs me reviennent : les courses sur la plage, les goûters dans la forêt, les promenades à vélo... Victor semble troublé.

– Ça me fait plaisir de te revoir. Tu es là pour les vacances ?

– Seulement le mois de juillet. Après, je pars à Granville avec mes parents.

– Je te ramène ? Comme avant ?

– Si tu veux !

Je grimpe sur le porte-bagages, Victor appuie sur les pédales. Les premiers zigzags du vélo nous font rire.

– Tu étais plus légère, il y a six ans !

– C'est toi qui as grossi !

Malgré notre fou rire, l'équilibre est vite rétabli. Je retrouve mes réflexes et entoure la taille de Victor de mes bras. Il se retourne et m'adresse un sourire reconnaissant. Voilà six ans que je n'ai pas vu Victor, je ne pensais même plus à lui, et tout à coup c'est comme si on ne s'était jamais quittés. C'est la même complicité.

– Mon père me prête la pinasse pendant l'été. Si tu veux, demain on pourrait faire un tour à l'île aux Oiseaux.

Et mon rendez-vous avec David ?

– C'est gentil, mais je ne peux pas.

La bicyclette freine devant chez Mina. Je saute sur le trottoir. Victor reste appuyé au guidon.

– Pour demain, tu es sûre ? demande-t-il, l'air déçu.

– Oui. On se verra une autre fois.

– Prends mon numéro de portable, au cas où tu changerais d'avis !

Nous échangeons nos coordonnées. Je m'apprête à partir, mais le regard insistant de Victor m'arrête.

– Tu es encore plus jolie maintenant !

Je l'embrasse rapidement et pousse le portillon de la villa.

Chapitre 4

– Regarde ce que je viens de recevoir !

Sur la table de la cuisine trône un énorme bouquet de fleurs.

– C'est Jean, le pharmacien. Voilà deux fois qu'il m'invite au restaurant et m'offre des fleurs !

Mina est tout excitée, elle m'embrasse rapidement :

– Et toi ? Ce bronzage ? Je t'ai vue rentrer avec Victor ! Je suis contente que vous vous soyez retrouvés, vous vous entendiez bien autrefois...

Je m'assois sur ses genoux :

– Il est beau garçon, ton pharmacien ?

– Jean ?

Étonnée de ma question, elle réfléchit un instant :

– Il a dû être bel homme, en effet. Disons qu'il a du charme, mais ce n'est pas le plus important. Pourquoi tu me poses cette question ?

Je me penche pour attraper une poignée de cerises, et je dis :

– J'ai retrouvé David à la plage... Je dois le revoir demain...

– Ah, David Pichon ! s'exclame-t-elle avec emphase, et elle ajoute, ironique : c'est une gravure de mode, David !

Mina me pousse gentiment et se lève en haussant les épaules. Je n'aime pas sa façon de parler de David, elle me met mal à l'aise. Je le défends un peu agressivement :

– Tu dis ça parce que tu ne le connais pas, en fait, il est très sympa...

Mais Mina me coupe la parole :

– On en reparlera ! En attendant, je vais faire griller une alose, on dînera sur la terrasse !

– Super, je monte prendre un bain !

– On mange dans un quart d'heure ! Ne t'endors pas en rêvant à ton prince charmant !

Après le repas, nous sommes restées longtemps à discuter à la lumière d'un photophore. Nos voix se mêlaient au clapotis des vagues. Nous avons parlé du collège, des copains, du futur appartement. Je n'ai plus osé faire allusion à David, car Mina n'avait pas l'air de l'apprécier. J'étais contente de retrouver notre complicité. Nous nous sommes couchées tard et malgré mon désir d'être de bonne heure au Perroquet Bleu, c'est Mina qui me réveille à dix heures.

– Alors, la dormeuse ! Pas de plage aujourd'hui ?

Je saute du lit, prends une douche éclair et avale rapidement un bol de céréales. Mina me regarde en souriant. Elle est vêtue d'un jogging rose : elle part à son cours de gymnastique. Je l'interpelle au moment où elle passe la porte :

– Mina ? Tu es toujours d'accord pour m'offrir le paréo ?

Elle revient vers moi en souriant :

– Chose promise…

Elle sort son porte-monnaie et me tend un

billet. Je lui saute au cou :

– Tu es la meilleure des grand-mères !

– Et toi, la plus rusée des petites-filles ! Je parie que David est encore à la boutique ce matin ! chante-t-elle d'un air malicieux avant de disparaître dans un mouvement gracieux.

J'arrive toute joyeuse au Perroquet Bleu. David est là, avec une cliente. Il me sourit, et je comprends que je dois attendre qu'il ait fini. Je m'approche d'un portant et fais semblant de regarder les robes. Vivement que cette dame s'en aille ! Elle se fait présenter une multitude de T-shirts et n'arrive pas à se décider. David vient enfin vers moi :

– Tu voulais essayer une robe ?

Son sourire professionnel et son ton me glacent un peu. Je balbutie :

– Heu… Je… je viens chercher le paréo qui va avec mon maillot.

– Quelle couleur, le maillot ? me demande-t-il avec indifférence en se tournant vers l'étagère où sont alignés les tissus de toutes les couleurs.

Une grosse boule monte dans ma gorge. Pourquoi me parle-t-il comme s'il ne se souvenait pas ? J'ai du mal à articuler :

– Turquoise, avec des rayures blanches…

Il me tend le paréo et se dirige vers la caisse. J'ai envie de tout laisser tomber, mais je le suis. En prenant le billet de Mina, il me chuchote :

– Excuse-moi, je suis très occupé.

Je range ma monnaie, je n'ai qu'une envie : sortir très vite. David m'ouvre la porte. Il est pressé de me voir partir ! Au moment où je passe devant lui, il m'arrête de la main.

– Je te retrouve à la buvette à deux heures ! murmure-t-il en jetant un regard vers la cliente, qui commence à s'impatienter.

Il me fait un clin d'œil et dépose un rapide baiser sur ma joue.

Soulagée, je sors du magasin. L'air chaud et le soleil me rassurent, je sens encore sur mon visage la caresse des lèvres de David.

Chapitre 5

La vitesse avec laquelle j'avale mon repas n'échappe pas à Mina :

– Toi, tu as un rendez-vous !

– Je vais à la plage, c'est tout.

– Alors, fais attention aux coups de soleil et encore plus au coup de cœur ! Ils sont aussi dangereux l'un que l'autre !

En arrivant sur la corniche, je n'aperçois que deux silhouettes sous les parasols de la buvette. Malgré le soleil éblouissant, je reconnais Agnès et Aurore. Les garçons jouent au volley près de l'eau. Je ne vois pas David. Je descends sur la plage :

– Salut !

– Tiens ! Voilà la championne ! me lance Agnès avec ironie.

Je m'installe au bar à côté d'elles. Il est à peine deux heures, David ne va pas tarder. Ostensiblement, les deux filles me tournent le dos pour regarder jouer les garçons.

– Il est vraiment pataud, Antoine ! s'esclaffe Agnès. Regarde-le, on dirait un gros nounours !

– Ce n'est peut-être pas un sportif, mais il est hyper sympa ! Moi, je l'aime bien.

– Et ton Régis, alors ? demande Agnès en riant.

– Oh, Régis, ce n'est pas le plus beau, mais il me fait rire.

– Le plus beau, c'est David !

Agnès parle fort, on dirait qu'elle le fait exprès pour que je l'entende. Elle se tourne vers moi et ajoute :

– Toutes les filles lui courent après. Mais, moi, je sais avec qui il sort ! Il a un grand amour, et depuis longtemps !

Je voudrais être loin, partir. Heureusement, la partie de volley est terminée. Les garçons nous rejoignent, chacun vient me faire une bise.

– David n'est pas encore là? demande Alex.

– Il doit être avec une de ses cousines! lance Antoine avec ironie.

– En train de lui dire qu'il n'a jamais connu une fille comme elle, enchaîne Régis en prenant une voix théâtrale.

Tout le monde rit. Je suis très mal à l'aise, comme s'ils se moquaient de moi. J'en ai assez. Je me lève, laisse tomber ma robe et lance par bravade:

– Et si on faisait une course jusqu'au plongeoir?

Je me tourne vers Antoine:

– Je te parie que j'arriverai la première!

Je cours vers l'eau. À mon grand étonnement, le défi a été relevé, ils m'ont tous suivie.

Je plonge dans les premières vagues en me répétant les recommandations de mon entraîneur: régler la respiration, battre régulièrement des jambes, bien accorder le mouvement des bras et de la tête. C'est comme ça que j'ai gagné la compétition de fin d'année du collège. Cette fois, l'enjeu est encore plus important. Pas question que je me ridiculise ! Le plongeoir n'est plus loin, je jette un coup d'œil par-dessus mon épaule : Régis me serre de près. J'accélère, hors d'haleine. Encore quelques mètres, et ma main agrippe le ponton. En un geste sec, je suis dessus au moment où Régis, le souffle court, saute à mes côtés.

– Julie ! Ohé, Julie !

La voix de David. Il ne m'a pas oubliée !

Je n'attends pas l'arrivée des autres. David est debout sur un pédalo, qu'il tient arrimé à la plate-forme. Je saute à côté de lui. Le temps que je reprenne mon souffle, et nous sommes loin.

– Ma mère avait une course à faire, j'ai dû rester au magasin le temps qu'elle revienne, je suis désolé.

La petite fossette se creuse alors qu'il me fait un sourire charmant. J'oublie l'angoisse de l'attente et je murmure :

– Je suis contente que tu sois là !

Il me dévisage un instant, et je fonds sous son regard. Sa main se pose sur mon genou. Malgré le soleil et l'effort que je viens de fournir, je frissonne. La mer miroite ; elle claque joyeusement contre la roue à aubes. J'évite de tourner les yeux vers David. Je ne vois que nos jambes, appuyant en cadence sur les pédales. J'aimerais effleurer sa peau bronzée, mais je n'ose pas. Peu à peu, le mouvement se fait plus lent, et notre embarcation s'immobilise. David s'allonge, les pieds sur le capot. Puis son bras s'enroule doucement autour de mon cou. J'essaie de ne pas trembler. Nous ne disons rien. Les flotteurs battent l'eau régulièrement, le pédalo se balance doucement au gré des vagues. David se penche vers moi, ses lèvres frôlent mon oreille :

– On est assez loin pour voir les dauphins. Ils quittent les zones froides et viennent se réchauffer dans les eaux tièdes du bassin.

Je fixe l'horizon jusqu'à me brûler les yeux, mais je n'aperçois aucun cétacé.

– Tu ne te moques pas de moi, au moins ?

David rit et me serre plus fort :

– Je n'en ai pas envie !

Sur un ton très sérieux, il ajoute doucement :

– Je ne sais pas ce qui m'arrive, Julie, depuis que tu es entrée au Perroquet Bleu, je ne pense qu'à toi !

Je pose ma tête sur son épaule brûlante de soleil. Bercée par les flots, je me laisse aller contre sa peau. Nous restons un long moment silencieux, le regard tourné vers le large. D'un geste léger et lent, David caresse mon bras. Je ne sens plus aucune autre partie de mon corps, toute ma sensibilité est dans ce bras. Sa voix me fait presque sursauter :

– On ne verra pas de dauphins aujourd'hui. Je crois qu'il est temps de rentrer, sinon on va dériver jusqu'à l'Atlantique. À moins que tu ne veuilles aller en Amérique en pédalo ?

Je nous imagine tous les deux, seuls au milieu de l'océan, petit point perdu dans un désert bleu. Cette idée me fait sourire :

– On aurait mal aux jambes avant d'arriver !

David a repris la manœuvre, nous faisons lentement demi-tour. Le rêve se termine. Nous rentrons.

En abordant la plage, j'aperçois Aurore et Agnès, assises à l'écart des autres. Régis vient à notre rencontre :

– Vous avez fait un détour par le cap Ferret ou quoi ?

– Julie nageait trop vite, elle a dépassé le plongeoir et a dû faire du stop pour rentrer, prétend David en me faisant un clin d'œil complice.

– En attendant, j'ai rangé le matériel tout seul, se plaint Régis.

Je les laisse et remonte la plage. En passant à leur hauteur, j'entends Agnès dire à Aurore :

– David ? Je sors avec lui quand je veux !

– Je croyais qu'il avait un grand amour ? demande Aurore, incrédule.

– Qui t'a dit que ce n'était pas moi ? claironne Agnès en me dévisagent.

Je passe mon chemin comme si je n'avais rien entendu et vais m'installer à la buvette. Victor est là. Il abandonne sa discussion avec Antoine et vient vers moi :

– J'ai essayé de t'appeler. Tu as eu mon message ?

– Non ! Mon portable est resté dans mon sac !

– Je suis passé chez toi, Mina m'a dit que je te retrouverai ici. Je t'invite à dîner au ban d'Arguin. Ta grand-mère est d'accord. J'ai du poisson, on fera des grillades.

– Bonne idée ! lance Antoine. Je vais avec vous !

Victor rectifie un peu sèchement :

– C'est Julie que j'invite !

Je n'ai pas très envie d'être seule avec Victor… Et si les autres venaient aussi ?

– Ce serait sympa d'y aller tous ensemble, non ?

David et Régis nous rejoignent, suivis d'Agnès et d'Aurore.

– Où va-t-on ? demande David.

Je ne laisse pas à Victor le temps de protester :

– Vic nous emmène au ban d'Arguin !

– S'il y a du poisson grillé, je suis partant ! répond David.

– Il y a longtemps que je n'y suis pas allée, minaude Agnès, je suis sûre que ma mère sera d'accord.

J'aurais dû me douter qu'Agnès sauterait sur l'occasion ! Surtout après ma promenade en pédalo avec David…

Victor a l'air très embarrassé. J'insiste :

– Allez, Vic ! Dis oui !

Il me sourit et capitule :

– D'accord, rendez-vous à huit heures à la jetée. Ne venez pas trop nombreux quand même, c'est pas un transatlantique, ma pinasse !

– On apportera les boissons et le dessert, propose Antoine.

– Je te ramène, Julie ? me demande Victor.

David et Régis ont fermé la buvette,

quelques personnes s'attardent encore dans le soleil couchant. Il est temps de rentrer. J'accepte la proposition de Victor.

– Comment tu connais David Pichon et sa bande ? me demande-t-il.

– J'ai rencontré David au Perroquet Bleu. Il m'a présenté les autres à la plage. Et toi ?

– Ils sont dans mon collège, mais je ne les vois pas souvent pendant les vacances.

Nous sommes arrivés. Je saute du porte-bagages, Victor m'attrape par le bras :

– Je voulais te dire…

Il me regarde intensément, mais sa phrase reste en l'air :

– Non. Rien. Je passe te prendre à huit heures et quart.

Il appuie sur les pédales et part en danseuse.

Je franchis le portillon ; le regard de Victor m'a troublée ; pourtant toutes mes pensées sont pour David. Je le revois tout à l'heure !

Chapitre 6

Quand j'ai demandé à Mina l'autorisation de sortir en pinasse avec Victor, elle n'a fait aucune objection. Je dois admettre que je n'ai pas mentionné la présence de David – mais elle ne m'a pas posé la question. Cependant, je me demande si elle ne s'en doute pas un peu. Elle est futée, ma grand-mère, et surtout elle me connaît bien !

La nuit est claire, le bateau avance lentement dans un bruit cadencé. Je suis assise à l'avant avec Aurore. Nous regardons l'étrave fendre la mer. Victor tient la barre. Je cherche David des yeux. À la lumière du lamparo, j'aperçois Agnès se glisser vers lui, les bras serrés sur la poitrine. Je me rapproche et l'entends se plaindre qu'elle a froid en se collant contre lui. David lui sourit et lui frotte énergiquement le dos. Une aiguille me pique le cœur. Est-ce la jalousie ? Heureusement, on aborde. Victor donne ses ordres à la manœuvre. David et Régis sautent à l'eau les premiers et nous tendent les bras. Je me précipite pour descendre avant Agnès, pose ma main sur l'épaule de David, enjambe le plat-bord et me laisse tomber dans ses bras.

– Tu es légère comme un plume ! murmure-t-il dans un sourire.

Mon bras est passé autour de son cou, mon visage tout près du sien. J'ai envie de poser mes lèvres sur sa joue, mais nous sommes déjà sur le sable. Régis a aidé Aurore, Victor et Antoine déchargent le matériel. Agnès est toujours sur la pinasse, appuyée au bastingage, elle attend que David revienne la chercher. Mais c'est Antoine qui y va. Bien fait !

Le dîner est rapidement prêt. Les poissons,

cuits sur le feu de bois, sont délicieux. David a apporté un Polaroïd, il nous prend tous en photo. Puis je m'amuse à prendre des poses de star devant les flammes, mimant une danse au rythme du djembé d'Antoine. David tourne autour de moi avec son appareil. Aurore et Régis applaudissent au spectacle que nous leur donnons. Seuls Victor et Agnès ne participent pas. Victor range les restes du repas, et Agnès boude, la tête posée sur ses jambes repliées. Tout à coup, elle se lève et vient se placer devant l'objectif. David ajuste son cadre et appuie sur le déclencheur.

– Zut ! J'ai plus de pellicule ! annonce-t-il.

Agnès lui lance un regard furieux, hausse les épaules et part en direction du bord de mer. Nous la laissons arpenter le sable en bougonnant. David est allé remettre son appareil en place. Victor s'approche de moi.

– On va voir l'océan de l'autre côté du ban d'Arguin ? me propose-t-il gentiment.

Mais David m'appelle. Je lance à Victor :

– Attends, je reviens !

Et je cours rejoindre David.

Sans dire un mot, il me prend par la main et nous partons le long de la plage. Nous marchons un moment en silence. Sa main chaude enserre la mienne et joue avec mes doigts. Le souvenir de son contact sur mon bras me fait trembler. Je me rapproche de lui. Nous sommes épaule contre épaule, comme des siamois. Après avoir escaladé quelques dunes, nous ne voyons plus le rougeoiement du feu, le djembé d'Antoine semble résonner dans le lointain. J'imagine que c'est le tam-tam d'un Bédouin et que nous sommes seuls, au milieu d'un désert. Peu à peu, le roulement de l'océan se rapproche. La lune miroite sur l'écume blanche des vagues. Nous nous asseyons sur le sable. David passe son bras autour de mes épaules, je me serre contre lui.

– Tu vois les petits points qui brillent sur la surface de l'eau, au-delà du ressac ? Ce sont les étoiles. Parfois, elles descendent du ciel pour venir jouer avec le flot, murmure-t-il.

Je cligne des yeux et distingue en effet une multitude de scintillements argentés dansant à l'horizon. La main douce de David me caresse la joue. Je tourne la tête, et ses lèvres se posent sur les miennes. Mes bras entourent son cou, il me serre très fort et je m'abandonne à un long baiser. Nous restons un moment enlacés. Tant de bonheur me fait frissonner.

– Tu as froid ? me demande David.

Je me pelotonne un peu plus contre lui. Il m'enlace plus fort. Je ne vois plus rien et me perds dans l'odeur de son corps. Sa main frôle ma nuque, ébouriffe mes cheveux. Il m'embrasse encore. Les étoiles brillent maintenant dans mon cœur.

– On va rentrer, annonce-t-il en se levant.

Il me tend la main, et je saute sur mes pieds. Nous regagnons le campement, mon bras enserrant la taille de David.

Autour du feu à demi éteint, Antoine est seul, il tapote mollement son djembé.

– Où sont les autres ? demande David.

– Vic est là-bas, répond-il en désignant une silhouette sombre accroupie au bord de l'eau, Aurore et Régis sont dans les dunes.

– Et Agnès ? s'inquiète David.

– En vous voyant partir, Agnès a voulu rentrer immédiatement. Comme ce n'était pas possible, elle est montée sur la pinasse. Elle doit dormir maintenant.

Victor revient vers nous en traînant les pieds dans le sable. Lui aussi semble bouder. Je le prends par le bras :

– Vic ! Ça va ?

Il marmonne quelque chose, et je comprends qu'il ne faut pas insister. Il met en tas le reste du matériel à embarquer et sort son téléphone portable d'un geste décidé. Ça me fait rire de le voir composer un numéro en pleine nuit au milieu d'un ban de sable.

– Qui appelles-tu ?

– Régis ! On ne va pas passer la nuit ici, non ? On rentre !

Je n'ai jamais vu Victor en colère. Lui, si doux, si patient d'habitude ! Heureusement, Aurore et Régis reviennent rapidement, et nous embarquons. Agnès dort ou fait semblant pendant tout le trajet de retour. Le vent est frais, et je me pelotonne contre David. Victor nous ramène au port et nous laisse partir sans desserrer les dents. Avant de rentrer, je m'approche pour lui dire au revoir. Il refuse presque la bise que j'essaie de lui faire et me dit d'un ton agressif :

– J'imagine que tu n'as pas besoin de moi pour rentrer ! David va se faire un plaisir de te raccompagner !

Il enfourche sa bicyclette et disparaît. Je refuse d'être triste ce soir ; pourtant, en le voyant s'éloigner, je ressens un petit pincement au fond de moi.

J'entends Agnès qui grogne :

– C'était nul, cette soirée !

– Pas du tout, lui répond Aurore. Moi, je l'ai trouvée super !

David pose la main sur mon épaule.

– Je te ramène ? me demande-t-il avec un grand sourire ; puis, sans attendre ma réponse, il se dirige vers son scooter.

Agnès fait une moue de dépit et s'en va les mains dans les poches, la tête rentrée dans les épaules. Je ne l'aime pas, mais je suis ennuyée de la voir partir seule dans la nuit. Je me tourne vers Aurore :

– On ne devrait pas raccompagner Agnès ?

– Mais non, m'assure Régis, t'inquiète pas, elle habite juste à côté.

– Julie ! Tu viens ? crie David dans le bourdonnement du moteur.

Je cours jusqu'à lui. Il me tend un casque, je m'installe et m'agrippe à sa taille. La route est libre, David conduit rapidement, nos deux corps ne font plus qu'un sur le scooter qui fend la nuit. Arrivés devant chez Mina, David m'aide à descendre et me prend dans ses bras.

– J'ai passé une soirée merveilleuse. Tu sais, je crois que je n'ai jamais rencontré une fille comme toi !

Sa main caresse doucement ma joue.

– Je ne travaille pas demain, on pourrait passer la journée ensemble ?

Je me blottis contre lui :

– Bien sûr !

– On se retrouve à midi sur la plage, murmure-t-il en m'embrassant.

En entrant dans la maison, j'écoute avec émotion les pétarades du scooter qui s'éloigne. Je jette mon sac sur la table et monte vite me coucher, je veux m'endormir avec le parfum de son baiser sur mes lèvres.

Chapitre 7

J'ai dormi d'une seule traite, d'un sommeil peuplé d'images de dunes et de mer. Mina vient me réveiller.

– Victor t'a apporté des croissants. Il a attendu un peu, mais, comme tu ne descendais pas, il est parti.

Sur la table, je retrouve mon sac laissé la veille, à côté d'un sachet de boulangerie rempli de viennoiseries encore chaudes.

– Ça aussi, c'est de la part de Victor, me dit

Mina en me tendant un tout petit paquet.

C'est un collier en coquillages avec un petit mot: « Je sais où il y en a d'autres, de toutes les couleurs. Viens avec moi ! »

Mina regarde le petit bijou:

– C'est un joli cadeau ! C'est certainement lui qui l'a fait.

– Mais je ne peux pas aller avec lui. J'ai déjà un rendez-vous.

– Il sera déçu, il…

L'insistance de Mina m'énerve. Elle veut à tout prix me voir sortir avec Victor ! Je lui coupe la parole:

– De toute façon, je serai partie quand il reviendra. Je dois être à midi à la plage.

– David?

– Oui, David. Il ne travaille pas, et nous allons passer toute la journée ensemble.

– Tu ne m'as pas demandé la permission ! me dit-elle un peu sèchement, mais je vois bien qu'elle est surtout contrariée parce que je n'accepte pas l'invitation de Victor.

Je me lève et vais l'embrasser:

– J'irai avec Victor un autre jour ! C'est ma journée, aujourd'hui !

Mina prend son air soucieux:

– J'espère que tu ne te trompes pas, ma chérie !

J'arrive à la plage le cœur battant. Je ne pense qu'à notre soirée d'hier, à nos baisers, j'ai hâte de retrouver David. Tous les pédalos sont sortis, il fait très chaud, seuls Régis et Aurore sont de garde à la buvette. David n'est pas là, ni les autres.

Aurore m'accueille avec un grand sourire.

– Salut, Julie ! Bien dormi ? Si tu viens voir David, il est parti !

Sa voix chantonne, et je n'aime pas cette chanson qui se moque de moi.

– Ça m'étonnerait ! On a rendez-vous !

Aurore continue d'un ton sarcastique :

– Il est avec Agnès et, à mon avis, ils ne sont pas près de revenir !

Sa phrase m'a heurtée comme un coup de poing. Je prends mon portable.

– Il est juste en retard, il suffit de l'appeler !

Je m'éloigne de quelques pas pour téléphoner. Mais je me rends compte que je n'ai pas le numéro de David. Pourquoi ne me l'a-t-il pas donné ? C'est ma faute aussi, je n'avais qu'à le lui demander ! Il n'a même pas le mien, comment va-t-il me joindre ? Pas question que j'en parle à Aurore, ni à Régis.

Je vais m'asseoir sur le sable mouillé, les pieds dans les premières vaguelettes. David va arriver, j'en suis sûre ! Il aura été retenu par sa mère, comme hier. Aurore raconte n'importe quoi, parce qu'Agnès est sa copine. Est-ce ma faute si je plais à David ?

J'attends un long moment. Les pensées se bousculent dans ma tête. Et si David était vraiment avec Agnès ? J'entrevois le sourire narquois de Mina, j'entends ses recommandations : « Attention au coup de cœur ! » Je me relève d'un bond. Je me sens subitement ridicule, j'ai l'impression que la plage entière se moque de moi. Il faut que je parte. Pour ne pas perdre la face devant les autres, je longe le rivage en jetant des coups d'œil dans leur direction. David n'y est toujours pas. J'avance comme une automate avec le sentiment que tout le monde me regarde.

– Julie !

Mon cœur saute dans ma poitrine. Je me retourne. Victor me rattrape en courant.

– Alors ? Tu t'es décidée, finalement ?

Ce n'est pas Victor que j'espérais voir, mais son visage radieux me réconforte un peu. Sa colère d'hier soir est tombée. Je voudrais tout lui raconter ; il ne m'en laisse pas le temps.

– Allez, viens ! On embarque.

Après tout, j'aime bien être avec lui. Je ne

veux pas rester seule, David n'avait qu'à être là ! Quand il reviendra, j'espère qu'il me cherchera. Sera-t-il déçu ? Jaloux, peut-être ?

Je suis Victor dans les escaliers glissants qui descendent sous la jetée. La pinasse est là, amarrée sagement. La pinasse qui nous a emmenés hier soir au ban d'Arguin. J'ai envie de pleurer en repensant à cette soirée.

Victor a sauté sur le plat-bord et me tend la main au moment où, derrière lui, passe un dériveur. J'aperçois Agnès qui tire sur l'écoute de foc. Elle a le même maillot de bain que moi et rit aux éclats. David est à la barre, torse nu. Ils ne m'ont pas vue, ils virent de bord, et je ne distingue plus que les voiles tendues à l'excès. Le bateau s'éloigne rapidement, me laissant tétanisée.

– Julie ! Ça ne va pas ? me demande Victor, tu es toute pâle !

La mer est noire sous mes pieds, je vais tomber. D'une poigne ferme, Victor m'aide à sauter à côté de lui.

– On dirait que tu as vu passer un fantôme !

C'était peut-être une illusion, un mirage ! Comme mon rendez-vous avec David ? Pourtant, je sais bien que je ne l'ai pas inventé ; alors pourquoi est-il avec Agnès ? Ils avaient l'air de bien s'entendre, tous les deux ! Les paroles d'Aurore trottent dans ma tête : « Ils ne sont pas près de revenir. » Alors ? David se serait-il moqué de moi ?

La pinasse s'éloigne lentement de la jetée, le vent est doux, Victor est aux petits soins. Il m'apporte un verre d'eau et me couvre la tête d'un grand chapeau de paille.

– Tu n'as pas assez mangé ce matin ? Mes croissants n'étaient pas bons ? J'ai pétri la pâte toute la nuit, tu sais !

– Ce ne sont pas tes croissants.

J'essaie de sourire à tant de gentillesse, mais l'image de David et d'Agnès obscurcit mes pensées. Nous voguons un moment sans un mot. Victor me surveille du coin de l'œil.

– Il te va bien, ce collier. Je t'en ferai un autre, ou un bracelet.

Je l'entends à peine, je voudrais n'être jamais venue ici. Je pense à Granville, à mes amis. Comment ai-je pu croire que David s'intéressait à moi ! Pourtant, ses baisers étaient sincères ! Je voudrais être très loin.

– Tu sais, Julie, si tu préférais être avec David, il fallait me le dire !

Au nom de David, je sursaute. Victor est penché vers moi, il ne sourit plus.

– On peut rentrer, si tu veux !

Rentrer ? Pour quoi faire ? Pour qui ? David s'est bien payé ma tête ! J'aurais dû écouter Mina. Heureusement Vic est là, le Vic d'autrefois, doux, gentil, prêt à faire tout ce que je lui demande. Je l'aime bien. Je fais un effort pour lui parler, mais ma voix est faible.

– Je suis très bien avec toi. Où m'emmènes-tu ?

– À l'île aux Oiseaux. C'est le plus bel endroit que je connaisse ! Mon repaire de solitaire, ajoute-t-il en riant.

Bientôt, la pinasse se faufile entre les piquets des parcs à huîtres qui entourent l'île. Victor maîtrise parfaitement la manœuvre, et nous abordons en douceur. C'est en effet une île déserte peuplée d'oiseaux de toutes sortes.

– Regarde, me dit Victor, un courlis cendré, il gratte le sol pour trouver à manger. Viens ! On va ramasser des huîtres.

Je le suis docilement. L'endroit a quelque chose de magique. Autour de nous, la mer est bleu foncé. Aucun voilier ne peut accoster ici à cause des piquets, trop dangereux. C'est l'asile qu'il me fallait. Les mouettes tourbillonnent en piaillant. Victor a vite rempli un sac, et nous nous dirigeons vers une petite maison en bois construite sur pilotis.

– On appelle ces abris des cabanes tchanquées, m'apprend Victor. Ils servent aux ostréiculteurs au moment de la récolte.

La porte branlante est à demi ouverte.

– Entre, c'est chez moi. Je viens souvent ici, hiver comme été, pour regarder les oiseaux, oublier le collège et les professeurs.

La gaieté de Victor me fait du bien. La cabane n'a pas de fenêtre, elle sent le bois humide, il y fait chaud. Victor a sorti un couteau de sa poche et ouvre les coquillages, huîtres et moules. Il a apporté du pain et du beurre salé, c'est un vrai régal. Il me parle des oiseaux, des poissons qu'il pêche.

– L'hiver, l'île est une étape pour les oiseaux qui migrent vers le sud. Ils s'installent ici quelque temps pour reprendre des forces avant de repartir pour un voyage de plusieurs milliers de kilomètres !

Je suis bien. Victor est drôle, intéressant ; peu à peu, j'oublie mon chagrin et ma désillusion. Le repas terminé, Victor propose de faire un tour dans les prés-salés. L'île est toute petite, et nous arrivons bientôt au pied d'une tour en bois.

– C'est un mirador qui permet aux ornithologues d'observer les oiseaux sans les déranger, m'explique Victor.

Nous grimpons à une échelle étroite et débouchons sur la plate-forme. Toute l'île apparaît à mes pieds, et au loin la côte, verte, de la couleur de la forêt de pins qui s'étend à perte de vue.

– Tu te souviens de notre arbre ?

– Celui où nous montions pour manger des bonbons ? J'ai toujours cru que Mina ne savait pas où nous étions, mais elle m'en a reparlé l'autre jour, elle savait très bien dans quelle allée de la forêt était notre cachette !

– Mon père aussi. Quand je pense qu'on se croyait seuls !

Victor est tout près de moi, son corps frôle le mien.

– Ici, nous sommes seuls, comme des pirates dans leur repaire. Aucun bateau ne peut arriver sans que nous le voyions venir.

Je m'appuie contre lui en riant :

– C'est mieux que notre arbre.

– Regarde, dit-il en me tendant les jumelles, je crois que c'est un gravelot.

– Je ne vois rien !

– Là, au bord de l'eau…

Victor se place derrière moi et passe ses bras autour de mon cou pour m'aider à ajuster les lentilles. La pression de son corps sur mon dos me trouble, plus que je n'aurais pensé. Je plie les jambes et glisse pour échapper à ses bras.

– Tu n'as rien vu ! s'exclame Victor. Viens !

Je reprends les jumelles et fixe mon attention vers le point qu'il désigne. En effet, j'aperçois deux grands échassiers aux becs longs. Le visage de Victor est tout près du mien, comme si nous cherchions à regarder ensemble à travers les mêmes lunettes. Je sens son souffle sur ma peau, mais cette fois je n'ai plus envie de bouger. Le spectacle des oiseaux et la présence si proche de Victor me captivent.

– À côté, je crois que c'est un bécasseau, ou peut-être un chevalier. Tu le vois ? Il pique le sol pour trouver des salicornes ou des vers, chuchote Victor à mon oreille comme si les animaux pouvaient nous entendre. Ce sont des limicoles, ajoute-t-il.

Je ne savais pas que Victor était aussi savant.

– Qu'est-ce que cela veut dire, « limicole » ?

– Qu'ils vivent dans les marécages et se nourrissent de ce qu'ils y trouvent. L'île est idéale pour eux, c'est une grande vasière.

Tout l'après-midi, nous traquons les courlis,

les sternes, les huîtriers pies. Victor est intarissable sur le sujet. Je ne vois pas le temps passer. Nous retrouvons notre vieille complicité, nos éclats de rire. Mais je découvre aussi un Victor que je ne connaissais pas, passionné et passionnant.

La journée s'achève sans que David ait occupé mes pensées. Pour le retour, Victor me laisse barrer. Comme il y a un peu de vagues, il pose sa main sur la mienne pour m'aider. Un hors-bord passe tout près. Le tangage nous bouscule, et nous restons serrés l'un contre l'autre jusqu'à l'arrivée à la jetée du Moulleau.

En bon mousse, j'aide Victor à arrimer les écoutes. Je suis un peu ivre de soleil et de vent, et ma maladresse nous fait rire. L'après-midi se termine par un plongeon du haut de la jetée. Puis nous nous séchons sur la pinasse. Victor me frictionne le dos. Enfin, allongés sur le pont, nous nous laissons bercer par le roulis en fredonnant les chansons des feuilletons que nous regardions autrefois. Le soleil décline. Victor m'annonce qu'il doit rentrer.

– Moi aussi, dis-je, un peu déçue.

Nous montons tranquillement sur son vélo ; et je me laisse aller, la tête appuyée sur son dos, retrouvant cette sensation de sécurité et d'intimité que j'éprouvais sans retenue quand nous étions plus jeunes.

Victor chantonne, je reprends avec lui le refrain. Un scooter nous double et s'arrête devant nous. Je reconnais David au moment où il enlève son casque. Mon cœur fait un bond dans ma poitrine. Victor accélère pour le contourner. Je crie :

– Arrête ! C'est David !

– Et alors ? marmonne-t-il.

Mais il freine à sa hauteur.

David me tend la main, je saute sur mes pieds.

– Tu rentrais ? me demande-t-il.

– Ma grand-mère m'attend.

Il semble étonné de ma réponse :

– Ta grand-mère ?

Victor s'impatiente :

– Oui, sa grand-mère. Tu voulais quelque chose ? On est assez pressés, là, tu vois !

David ne fait pas attention au ton agressif de Victor. Il me sourit, et j'ai envie d'embrasser la petite fossette au coin de sa lèvre.

– Je t'emmène au cinéma ce soir, dit-il. J'espère que ta grand-mère n'aura pas besoin de toi, cette fois.

Je le regarde, interloquée. Il est beaucoup

question de Mina, tout d'un coup. Mais qu'importe, j'ai retrouvé David, et il m'invite pour la soirée. Victor tapote son guidon nerveusement :

– Bon. On y va, Julie !

Je remonte sur le porte-bagages, j'ai à peine le temps de répondre à David que Victor appuie sur la pédale. Je crie :

– À ce soir !

– Je serai à l'Excelsior à neuf heures, me lance David.

Je me retourne pour le regarder démarrer. Comment ai-je pu penser qu'il ne voulait plus me voir ! Tout ça, c'est la faute d'Agnès. C'est une intrigante, une jalouse ! Demain, je lui dirai deux mots. Je n'aime pas qu'on se mêle de mes affaires ! David nous dépasse dans un vrombissement. Il me fait un grand geste de la main, auquel je réponds.

– Arrête de bouger comme ça, tu me déséquilibres ! m'ordonne Victor sèchement.

Pour suivre la moto des yeux, je pose mon menton sur l'épaule de Victor. Il fait un mouvement brusque, et j'écarte ma tête.

Il s'arrête au carrefour, à quelques mètres de chez Mina.

– Je te laisse là, j'ai une course à faire.

Ce n’est plus le Victor charmant de cet après-midi. Je ne sais pas ce qui lui prend, mais je n’insiste pas. Je crois qu’il n’aime pas beaucoup David, mais je n’y peux rien. Il fait demi-tour et s’en va ; je n’ai même pas le temps de lui dire au revoir. Tant pis ! On se reverra plus tard ; peut-être dans six ans !

Chapitre 8

Mina est dans la cuisine.

– Te voilà, ma chérie ! Alors, cette journée avec David s'est bien passée ?

– David a eu un empêchement, je suis allée à l'île aux Oiseaux avec Victor.

Mina a les mains dans la farine. Elle lève vers moi un doigt tout blanc.

– « Mieux vaut un ami sûr qu'un amoureux volage ! », comme disait mon père. La vie m'a prouvé qu'il avait bien raison !

– David n'est pas volage, il est très occupé, c'est tout.

En disant cela, je revois passer le dériveur, Agnès et David riant aux éclats... N'empêche, Mina se trompe !

– D'ailleurs, il m'invite au cinéma ce soir.

– Et Victor ?

– Victor est un copain d'enfance, j'aime bien être avec lui, mais je préfère sortir avec David.

– Tu fais ce que tu veux, ma chérie. Mais n'oublie pas le dicton de mon père ! Il t'évitera peut-être des déceptions ! La beauté n'est pas tout, et certains garçons en jouent au détriment de filles un peu naïves.

– Ne t'inquiète pas, Mina. David est quelqu'un de très bien, et je ne suis pas « une fille un peu naïve » !

Elle semble réellement inquiète, ma douce grand-mère. Je pose ma tête contre son épaule :

– Alors, je peux aller au cinéma ce soir ?

– Oui. Mais retour dès la fin du film, hein ? !

– Je me fais un sandwich, et j'y vais.

– Il ne vient jamais te chercher, ton chevalier ? me lance Mina sur un ton de reproche.

Décidément, elle n'apprécie pas David !

– Je peux bien aller à pied, c'est juste à

côté. Il me ramènera, ne t'en fais pas, et je mangerai tes poissons en rentrant.

Mina se tourne vers moi.

– Il n'y en aura plus ! annonce-t-elle d'un ton sec. Jean vient dîner avec moi.

Je reviens vers elle :

– Jean, c'est ton ami ou ton amoureux ?

Le visage de Mina s'illumine :

– C'était mon ami, il est devenu mon amoureux. C'est encore mieux !

Cette confidence me fait plaisir. Je dépose un baiser sur la joue parfumée de ma grand-mère et monte me changer. Je veux que David me trouve belle.

David est seul devant le cinéma. Je le rejoins en courant et me jette dans ses bras. Ses lèvres effleurent les miennes, et nous entrons enlacés. Je le laisse passer devant moi pour prendre les billets, et je l'entends demander une seule place à la caissière. Je paie la mienne : après tout, l'important est que nous soyons ensemble. Mais ça, je ne le raconterai pas à Mina !

À peine installé dans le fauteuil, David passe son bras autour de mes épaules et me serre contre lui. Il sent bon le sel et la mer, il est doux et chaud comme un rayon de soleil. J'oublie ma vision de l'après-midi. La confiance revient. À quoi bon poser des questions ? David est là, et pour moi seule. La salle est plongée dans le noir. Lorsque le film se termine, je serais bien incapable de dire de quoi il s'agissait. David n'a pas cessé de m'embrasser, de me chuchoter des mots tendres à l'oreille. Je suis sûre qu'il m'aime ! Pourtant, dès que la lumière se rallume, il regarde sa montre, puis se lève. Je le suis, un peu surprise, et passe mon bras autour de sa taille. Il me sourit et nous quittons l'Excelsior. Tout à coup, il m'écarte avec brutalité. Il fait trois tours sur lui-même comme une toupie, le regard affolé.

– Mon scooter ! Je l'ai laissé là ! Je suis sûr ! Là ! affirme-t-il en me désignant le trottoir devant le cinéma.

– Tu avais mis l'antivol ?

Il hausse les épaules avec mépris :

– Évidemment !

Je le vois longer la façade, revenir, interroger la caissière, qui est en train de fermer. Je ne le reconnais pas, il est furieux.

J'essaie de l'apaiser :

– Tu l'as peut-être attaché plus loin ?

Il se fâche franchement et me parle comme si j'étais une idiote :

– Puisque je te dis que je l'ai laissé là ! Et je fais comment, sans mon scoot, moi ?

Il crie, et sa voix me fait trembler. Je lui prends doucement la main :

– On peut rentrer à pied, tu verras ça demain !

Il se dégage brusquement et se plante devant moi. Ses yeux brillent de colère :

– Tu rentres comme tu veux ! Moi, j'ai rendez-vous au Moulin !

Et il s'éloigne en rouspétant.

Mes jambes tremblent, mon estomac se noue. Je sens les larmes monter irrésistiblement. Je ne comprends plus rien, je voudrais disparaître. David doit se rendre compte de mon trouble ; il revient vers moi.

– Écoute, Julie, je suis désolé, mais j'ai promis à Régis de le rejoindre.

Il y a encore quelques minutes, j'étais dans ses bras, et maintenant je n'existe plus. Je suis sûre que c'est Agnès qu'il va voir ! Je voudrais le lui dire, mais les mots ne sortent pas. Il compose un numéro sur son portable tout en rageant.

– Qu'est-ce que je vais dire à mes parents pour le scooter ?

Je m'en fiche, de son scooter !

Il s'éloigne sur le trottoir pour téléphoner, je

le vois de dos faire les cent pas en gesticulant. Je suis à quelques mètres de lui, et pourtant j'ai le sentiment d'être très loin. Je finis par rassembler mon courage et m'en vais. Les larmes se mettent à couler, inondant mon visage, troublant ma vue. Je fais quelques pas jusqu'à la plage et me laisse tomber sur le sable froid. Je plonge la tête dans mes mains et pleure sans plus penser à rien. Je suis seule. David n'a pas essayé de me rattraper, je ne le reverrai pas. Je ne retournerai jamais à la plage ! Mes vacances ici sont finies. Demain, je rentre chez moi.

Je sens à peine la main qui se pose sur mon épaule, mais cette fois je reconnais la voix. Elle est douce et amicale. Elle m'appelle :

– Julie ! C'est moi, Victor !

Un élan désespéré me jette dans ses bras. Il me berce doucement.

– Ne m'en veux pas, Julie ! Il fallait que tu comprennes.

Je m'écarte et l'interroge du regard. Il me tend un mouchoir.

– Pourquoi je t'en voudrais ? C'est David…

– Je sais. Mais c'est moi qui ai caché son scooter.

Alors là, je ne comprends plus rien.

– Mais pourquoi ?

– Parce que, sur la plage, je l'ai entendu proposer à Agnès de le rejoindre au Moulin.

– C'est pas vrai ! Il doit retrouver Régis, et il allait m'emmener !

– Tu es têtue, Julie ! Tu ne vois pas que David veut sortir avec toutes le filles, qu'il se croit irrésistible ?

Mes sanglots redoublent. Il est si beau, David, et moi, comme une idiote, j'étais un peu amoureuse de lui. Victor me serre dans ses bras, il embrasse mes larmes.

Il murmure :

– Je ne veux pas que tu pleures.

– Tu crois qu'il s'est moqué de moi depuis le début ?

– Pas vraiment. Mais il a suffi d'un texto sur son portable pour qu'il aille faire du bateau avec Agnès. Moi, à sa place, j'aurais rappelé, j'aurais insisté. J'aurais été très malheureux.

Je ne saisis pas du tout ce que me dit Victor.

– Quel texto ?

– Celui que je lui ai envoyé ce matin : « Ma grand-mère a besoin de moi, on se verra plus tard. Signé : Julie. » Quand je suis passé, ton sac était sur la table. Ne m'en veux pas, je voulais savoir si David t'aimait vraiment.

Je me lève d'un bond :

– Tu n'avais pas le droit ! Pourquoi tu as fait ça ?

Victor est debout devant moi.

– Parce que je connais David. Parce que je ne veux pas que tu sois malheureuse.

– Tout est de ta faute ! À cause de toi, David s'est jeté dans les bras d'Agnès !

– Il n'avait pas besoin de moi pour ça ! Aujourd'hui, c'est Agnès, demain, ce sera une autre.

– Tu mens ! Je te dis que c'est avec Régis qu'il a rendez-vous ce soir !

Je suis hors de moi. Victor m'a trahie, je ne veux plus le voir. Je pivote sur mes talons et pars vers le rivage. Je l'entends qui crie :

– Si tu es si sûre de lui, va voir au Moulin !

J'ai très froid, tout à coup. Je croise les bras sur ma poitrine. Les réverbères de la corniche projettent une pâle lumière sur la mer. Je marche droit devant moi sur le sable mouillé. Je ne sais plus très bien où j'en suis. Dans ma tête, les images de ces derniers jours se bousculent : le sourire de David, son corps bronzé ; les éclats de rire de Victor, notre complicité. Lequel me trompe ? Lequel joue la comédie ? Je suis bien avec David, mais je suis bien aussi avec Victor, j'aime l'écouter parler des oiseaux, rire aux éclats en chantant des chansons, je serais malheureuse de ne plus le voir. Pourquoi a-t-il tout gâché ?

Il faut que je retrouve David. Je fais demi-tour et remonte sur le sable sec. Victor n'est plus là. Il n'a pas cherché à me suivre. La plage est déserte, et je me sens subitement très seule. Une petite voix me rappelle les paroles de David : « Tu rentres comme tu veux, moi, j'ai rendez-vous au Moulin ! » J'enfonce les mains dans les poches de mon jean. Il faut que j'en aie le cœur net. Après tout, peut-être m'attend-il ? Dans les rues du Moulleau, je croise quelques passants attardés qui rient et se tiennent par la main. Tout à l'heure, j'étais dans les bras de David, tout me paraissait facile et tendre. J'aurais aimé, moi aussi, faire quelques pas avec lui, regarder les étoiles qui dansent sur la mer. Pourquoi tout est si compliqué ?

Le Moulin se trouve un peu à l'écart des habitations, à l'orée de la forêt. Un nombre impressionnant de scooters et de voitures est garé sur le parking. Des jeunes vont et viennent, rient et parlent fort. Ils sont en groupe ou en couple. Qu'est-ce que je fais là, toute seule ? Des effluves de la musique me parviennent, frappant mon cœur au rythme du disco. Des regards inconnus se tournent vers moi ; un malaise m'envahit. Un garçon s'approche :

– C'est moi que tu cherches ?

Je ne réponds pas, j'avance vers l'entrée. Mes jambes tremblent. Il insiste :

– Ça tombe bien, je suis libre ce soir !

Il prend ma main et m'entraîne vers la porte. Je me dégage d'un geste brusque :

– Laisse-moi ! Quelqu'un m'attend, et ce n'est sûrement pas toi !

– Mademoiselle va retrouver son amoureux ! Il a bien de la chance !

Heureusement, il s'éloigne. Je suis étrangère, ici, perdue. Je veux retrouver David, tout de suite.

Chapitre 9

Je ne suis jamais entrée seule dans une boîte de nuit. Le bruit et la foule m'impressionnent. Et si on me demande mes papiers d'identité ? Je ne les ai pas. J'ai un peu peur. Ai-je vraiment envie de retrouver David ? J'en veux à Victor, c'est à cause de lui que je suis dans cette situation. En même temps, je voudrais qu'il soit là, qu'il me protège. Je suis à deux pas de l'entrée, masquée par un groupe. J'hésite. David est de l'autre côté. Avec Régis ?

Avec Agnès ? Je n'ai pas le temps de trouver la réponse. Un couple enlacé fend la cohue et passe devant moi en riant. Ils me bousculent un peu, la fille se retourne et me lance un sourire arrogant. Agnès ! Elle se pelotonne ostensiblement contre David. Ils sont happés par la foule. David ne m'a pas vue. Je ne peux plus bouger, je fixe l'endroit où ils ont disparu. Ma tête est vide. Quelqu'un me prend par le bras et m'entraîne à l'extérieur. Je le suis sans résister.

– Julie ? Qu'est-ce que tu fais là ? me demande Régis.

J'essaie de parler, mais aucun son ne sort de ma bouche. Je m'appuie contre un pin. Le tronc rugueux me pique le dos.

– Ça ne va pas ? Julie ! Réponds-moi !

Régis est inquiet, je dois avoir une drôle de tête. Je fais un effort et balbutie :

– David… David est…

– David est avec Agnès, Julie ! Tu as cru que tu sortais avec lui ? Aucune fille ne sort réellement avec David.

Il se force à rire :

– C'est un bourreau des cœurs, David !

Enfin les larmes délivrent la boule coincée dans ma gorge et qui m'étouffait. Régis me prend dans ses bras et me console. Peu à peu, je reviens à la réalité. J'ai été naïve, j'ai voulu croire que David m'aimait, malgré tous les signaux d'alarme : ceux de Mina, ceux de Victor, et peut-être même ceux, involontaires, d'Agnès. Mais, au fond de moi, une petite lueur de peur restait accrochée, un malaise, un manque de confiance. Cette confiance si précieuse que j'ai failli trahir, tout à l'heure, en me fâchant contre Victor. David m'a fait du mal, et moi, j'ai fait du mal à Victor. Je m'écarte de Régis.

– Ça va mieux ? demande-t-il.

– Je veux partir. Je veux rentrer.

– Je te raccompagne ?

J'ai envie d'être seule, de ne plus voir personne.

– Non, c'est gentil. Je n'habite pas très loin.

– Fais attention à toi, petite Julie ! murmure tendrement Régis en m'embrassant.

Je ne sais pas s'il parle du chemin que j'ai à faire jusqu'à la maison, ou si c'est une mise en garde contre David et les garçons comme lui.

Je suis soulagée de quitter l'atmosphère de cette boîte de nuit. La marche et l'air frais de la nuit me réconfortent. J'ai le sentiment de me retrouver, comme si j'avais été étrangère à moi-même pendant ces quelques jours où j'ai cru être amoureuse de David. J'ai bien failli prendre un coup au cœur, comme dit Mina, mais Victor veillait. Je suis un peu honteuse. J'espère qu'il ne m'en voudra pas, qu'il comprendra. Demain, j'irai frapper chez lui, je lui expliquerai.

C'est drôle, je pense plus à Victor qu'à David. Perdue dans mes pensées, je n'ai pas vu la silhouette assise sur le muret devant chez Mina. Je sursaute et marque le pas. Je suis seule, en pleine nuit, et la rue est déserte. Mais ma peur est de courte durée. Les mains dans les poches, l'allure décontractée, Victor vient vers moi.

– J'ai cru que tu n'arriverais pas, dit-il, je commençais à avoir froid et sommeil.

Il sourit. Il ne m'en veut donc pas !

Il passe son bras autour de mes épaules, et nous faisons quelques pas sous les pins. Je ne sais pas quoi lui dire.

– Alors, tu as compris. Tu as vu David et Agnès ?

– Oui. Je les ai vus.

J'ai du mal à articuler, je voudrais ne plus parler de cela, oublier, profiter seulement de la présence de Victor, de notre amitié.

– Tu ne m'en veux plus, alors ?

En manière de réponse, je me serre un peu plus contre lui, et sa main presse mon épaule. Nous continuons notre marche en silence. La rue débouche sur la plage, le sable est froid et noir. Malgré les lumières de la rue, je discerne à peine le visage de Victor. Il est face à moi.

– Tu étais vraiment amoureuse de David ?

– Je ne sais pas... Je crois que j'étais amoureuse de l'image qu'il me renvoyait. Mais toi, pourquoi tu t'es donné tant de mal ?

Victor caresse mes cheveux, lentement, son regard plongé dans le mien. Je sais qu'il va dire quelque chose d'important.

– Peut-être parce que je t'aime.

Sa voix est faible, douce. Un grand poids tombe de mes épaules. Tout à coup, tout me paraît si simple, si évident ! Bien sûr, c'est Victor que j'aime.

Il m'attire à lui. Son premier baiser est léger sur mes lèvres.

– Je t'aime, murmure-t-il.

Nous restons longtemps au bord de l'eau. Ses baisers sont sucrés, pleins de tendresse. Nous marchons lentement sur la plage. Le corps de Victor est chaud contre le mien, il me rassure. Mes larmes sont loin. Je pense à Mina.

Elle est avec Jean, son ami devenu son amoureux. Victor aussi est devenu mon amoureux, et je n'ai plus du tout envie de rentrer. Ni même d'aller à Granville. Et si je passais toutes mes vacances sur le bassin d'Arcachon ?

FIN

EXTRAIT

Et pour rêver encore,
lis cet extrait
de

JUSTE UN AMI

de Janice Boies

EXTRAIT

Chapitre 1

Kelsey Kramer posa ses livres sur la table de la cuisine en soupirant. Les cours avaient repris depuis à peine trois semaines, et elle avait déjà un contrôle de chimie à réviser pour le lendemain. En prenant une pomme dans la corbeille de fruits, elle aperçut un mot sur le bloc à côté du téléphone. Elle reconnut l'écriture de sa mère : « Je suis allée aider Papa. Le dîner est dans le frigo. Peux-tu mettre le plat au four à 18 h 30 ? Merci ! Maman. »

Sa mère était allée donner un coup de main dans l'un des deux clubs de gymnastique que possédaient ses parents. 18 h 25. Kelsey s'apprêtait à ouvrir la porte du réfrigérateur lorsqu'elle remarqua un post-scriptum en bas du mot : « Shawn Horton a téléphoné. »

Shawn Horton ? Ce garçon, très mignon, était arrivé en terminale au début de l'année. Elle ne lui avait jamais adressé la parole. Que pouvait-il bien lui vouloir ?

Intriguée, elle mit le plat au four et régla la minuterie en essayant d'imaginer la raison pour laquelle Shawn avait pu l'appeler.

– On se calme ! se dit-elle à haute voix. Il ne t'a pas téléphoné pour te proposer de sortir avec lui…

Elle ne manquait pourtant pas de charme. Brune, les cheveux mi-longs et les yeux noisette, elle ressemblait à la plupart des filles de son âge : elle adorait la mode, le maquillage et la musique, comme ses amies. Pourtant, elle se distinguait d'elles sur un point.

Voilà : elle était déjà sortie avec des garçons,

mais, à chaque fois, elle avait été déçue. Rick, puis Jon ne s'étaient jamais souciés de ce qu'elle ressentait. Alors, à la grande surprise de ses amies, elle leur avait annoncé sa décision, un mois plus tôt : elle ne voulait plus sortir avec aucun garçon.

La sonnerie du téléphone la fit sursauter.

– Allô ? fit-elle, la voix légèrement cassée.

– Kelsey ? C'est Patty.

– Salut, Patty ! Quoi de neuf ?

– Le capitaine de l'équipe de football m'a demandé d'être sa cavalière au bal du lycée !

Kelsey sourit, attendant les détails que sa meilleure amie ne manquerait pas de lui donner.

– Je suis allée le rejoindre devant son casier après le cours, et j'ai laissé tombé mon livre d'histoire…

– C'est un peu gros, non ?

– En tout cas, ça a marché ! Nous nous sommes baissés tous les deux pour le ramasser, nos têtes se sont cognées, nos regards se sont croisés… C'était d'un romantique ! Du coup, il m'a proposé de prendre un pot à la cafèt'... Et c'est là qu'il m'a demandé de l'accompagner au bal !

Ce genre de chose n'arrivait qu'à des héroïnes de feuilleton... et à Patty ! C'était la plus jolie fille de la classe.

– Kelsey, tu m'aideras à choisir ma robe ? On pourrait s'occuper de la tienne en même temps, proposa Patty.

– Je n'ai pas l'intention d'aller au bal.

Il y eut un bref silence au bout de la ligne. Patty soupira :

– Écoute, si c'est un problème de cavalier, je peux demander à mon frère de t'emmener...

– C'est ça ! pouffa Kelsey. Ton frère vient juste d'entrer à la fac, ça m'étonnerait qu'il ait envie de s'afficher avec une lycéenne !

– Il me doit une faveur, je l'ai aidé à ranger la maison après la fête du week-end dernier avant le retour des parents !

– Merci, Patty, mais ça ira. Je n'ai pas envie d'y aller, de toute façon. Au fait, tu connais Shawn Horton ?

– Non, mais j'aimerais bien ! s'exclama

Patty. Sa famille a emménagé à Spring Hill cet été. Il vivait à Hartsville, poursuivit Patty. Il était la vedette de l'équipe de foot, mais il s'est blessé au genou l'année dernière. Il a été obligé de renoncer au sport, et il pose comme mannequin. Tu ne l'as jamais vu en photo dans les journaux ?

– Non, je ne crois pas, marmonna Kelsey.

Avec Patty, le FBI n'avait plus qu'à pointer au chômage. Aucun garçon digne d'intérêt ne pouvait pénétrer dans l'enceinte du lycée sans qu'elle sache déjà tout sur sa vie.

– Mais pourquoi tu me demandes ça ? Ah, je vois... Tu as beau nous raconter que tu trouves les histoires d'amour stupides, tu as craqué sur le plus beau spécimen de l'école !

– Ma mère a laissé un mot disant qu'il avait appelé, répondit Kelsey, ignorant la remarque.

– Il veut peut-être te proposer de partir au bout du monde avec lui ?

– Tu regardes trop la télévision, Patty !

Après avoir raccroché, Kelsey s'assit à la table de cuisine pour réfléchir. Shawn Horton était donc ex-joueur de football et mannequin. Drôle de mélange… Finalement, ce n'était pas étonnant que toutes les filles du lycée se pâment devant lui !

Elle commençait à mettre la table quand le téléphone sonna de nouveau.

– Allô ? fit Kelsey en s'appliquant à prendre une voix posée.

– Pourrais-je parler à Kelsey, s'il vous plaît ?

– C'est moi.

– Bonsoir, c'est Shawn Horton. J'ai appelé tout à l'heure…

– Oui, je sais. J'ai eu le message. Qu'est-ce que je peux faire pour toi ?

– Je dois préparer un dossier sur l'histoire de la ville, pour le cours de Carson. Il m'a conseillé de m'adresser à ta mère.

L'arrière-grand-père de Kelsey, Gunnar Bjornson, était le fondateur de la ville de Spring Hill. La mère de Kelsey était souvent sollicitée par les étudiants, les professeurs et les journalistes pour en parler. Shawn n'appelait donc pas pour ses beaux yeux à elle !

– Tu aurais pu le lui demander directement quand tu l'as eue au bout du fil tout à l'heure, observa Kelsey un peu sèchement.

– Je… je n'ai pas osé, bafouilla Shawn, visiblement décontenancé. Je préférais passer par toi, même si on ne se connaît pas.

– Viens après le dîner, mes parents seront rentrés, conclut Kelsey avant de reposer le combiné.

Tommy, le petit frère de Kelsey, était parti jouer chez un voisin ; son père travaillait dans son bureau, et sa mère bavardait au téléphone quand la sonnette retentit. Kelsey alla ouvrir.

Shawn se tenait sur le seuil. Il portait un jean et un vieux blouson en cuir marron sur un T-shirt blanc. Un carnet rouge glissé sous son bras droit, il avait l'air fin prêt à se mettre au travail.

– Je suppose que tu es Kelsey ? fit-il, timidement. On s'est déjà croisés au lycée.

Il était plus grand que dans son souvenir.

Bien qu'elle l'ait déjà vu de loin, elle lui trouvait quelque chose de différent.

– Tu n'es pas tout à fait comme au lycée, dit-elle.

– Je reviens d'une séance de photos, et je ne suis pas repassé chez moi.

Ses cheveux bruns, d'habitude coiffés en brosse, étaient plaqués en arrière et luisants de gel. Mais ce qui la fascinait le plus, c'étaient ses yeux. Des yeux bruns tirant sur le vert qui la scrutaient.

– Shawn ? s'exclama la mère de Kelsey en arrivant dans le couloir. Pardon de t'avoir fait attendre, mais c'est la folie ici ! Mon fils aîné se marie dans quelques semaines… Organiser un mariage est excitant, mais je serai bien contente quand tout sera fini !

– Bonsoir, Madame. Je vous remercie de m'accorder un peu de temps.

– Mon grand-père, Gunnar Bjornson, est arrivé en Amérique en 1899, à l'âge de vingt ans, commença Mme Kramer lorsqu'ils se furent installés dans le salon. Plusieurs de ses cousins s'étaient déjà établis dans le Minnesota, et les lettres qu'ils envoyaient en Suède laissaient entendre que l'Amérique offrait d'innombrables possibilités. Gunnar, qui avait l'âme d'un aventurier, décida d'aller chercher fortune au-delà de l'océan…

Kelsey avait déjà entendu cette histoire des centaines de fois, et son esprit se mit à vagabonder. Shawn, par contre, écoutait attentivement en prenant des notes.

– Il travaillait dans la ferme d'un cousin lorsqu'il rencontra Inga et l'épousa. Elle avait alors dix-neuf ans et…

« Dix-neuf ans ! C'est l'âge que j'aurai dans trois ans ! se dit Kelsey. Je ne serai sûrement pas mariée, à cet âge-là ! »

– Il construisit alors une petite maison, sur une colline près d'un lac, et…

– À Spring Hill ? demanda Shawn. Laissez-moi deviner. Une colline près d'un lac… Leur maison était sur la colline où se trouve le lycée aujourd'hui ?

– Exactement !

EXTRAIT

Kelsey constata que sa mère appréciait Shawn. Elle avait toujours eu un faible pour les gens qui s'intéressaient à l'histoire, et pouvait parler des heures sur le sujet.

Kelsey, elle, trouvait Shawn beaucoup plus intéressant que ce que racontait sa mère. Elle remarqua la forme carrée de sa mâchoire, qui lui donnait un air déterminé. Patty aurait dit qu'il avait un visage d'athlète, sauf que son nez était trop droit. La plupart des footballeurs de Spring Hill avaient eu le nez cassé au moins une fois avant d'arriver en terminale.

– Veux-tu manger quelque chose ? Il reste du dessert, proposa soudain sa mère.

Kelsey s'aperçut qu'elle avait raté la conclusion du récit familial.

– Volontiers, répondit Shawn.

Découvre vite la suite de cette histoire
dans

JUSTE UN AMI

N° 355 de la série

Cœur Grenadine

Cœur Grenadine

301. MON DOUBLE ET MOI
302. LE SECRET DU ROCKER
303. UN GARÇON DANS LE DÉSERT
304. LA FILLE SUR LE PLONGEOIR
305. UN DUO D'ENFER
306. DESTINATION SYDNEY
307. ÉCHEC ET... MATHS
308. RÊVES D'HIVER
309. PETITE SŒUR
310. UN GOÛT D'ORAGE
311. UNE ANNÉE EN GRIS ET BLEU
312. EN ATTENDANT L'AUTOMNE
313. NE ME DITES JAMAIS « JE T'AIME »
314. MENTEUSE !
315. BLEU COMME LA NUIT
316. MUSIQUE À CŒUR
317. C'EST MOI QUI DÉCIDE
318. LE GARÇON QUE JE N'ATTENDAIS PAS
319. C'EST LE VENT, BETTY
320. NON, PAS LUI !
321. LE CAHIER D'AMOUR
322. MA VIE RÊVÉE
323. UN CARTON JAUNE POUR DEUX
324. LA JALOUSE
325. BONS BAISERS DE BRETAGNE
326. UN ÉTÉ ORAGEUX
327. AMOUR ET MENSONGES
328. SVEN ET MARIE
329. EMBRASSE-MOI !
330. COMME CHIEN ET CHAT
331. LA COURSE AU BONHEUR
332. LES AMOUREUX DU SQUARE
333. LE SECRET DE LÉA
334. LES FANTÔMES DU CŒUR
335. JE NE SUIS PAS EN SUCRE !
336. DERNIER ÉTÉ SUR L'ÎLE
337. CAP SUR L'AMOUR
338. PLONGEON EN SOL MAJEUR
339. DU CÔTÉ DES ÉTOILES
340. UN AMOUR D'ANGLAIS
341. DANSE AVEC MOI
342. DIS-MOI QUI TU AIMES
343. LA BALLADE DE SAMMY SONG
344. OBJECTIF AMOUR
345. ET SI C'ÉTAIT UN ANGE ?
346. LE SOUFFLE DE L'ANGE
347. LE SOUVENIR DE L'ANGE
348. UNE CHANCE POUR MOI
349. UN AMI D'AMOUR
350. LA COULEUR DU BONHEUR
351. TROP BEAU !
352. LE GARÇON DE MES RÊVES
353. MÉLODIE D'AMOUR
354. L'ÎLE DU PREMIER AMOUR
355. JUSTE UN AMI
356. UN CŒUR AU SOLEIL

Impression réalisée sur CAMERON par

BRODARD & TAUPIN

GROUPE CPI

La Flèche
en février 2003

Imprimé en France
N° d'impression : 16994